국어 시간

국어 시간

2024년 12월 30일 초판 1쇄 인쇄 발행

지 은 이 | 김명숙
펴 낸 이 | 박종래
펴 낸 곳 | 도서출판 명성서림

등록번호 | 301-2014-013
주   소 | 04625 서울시 중구 필동로 6 (2, 3층)
대표전화 | 02)2277-2800
팩   스 | 02)2277-8945
이 메 일 | msprint8944@naver.com

값 13,000원
ISBN 979-11-94200-57-4

이 동시집은 (재)가천문화재단 2024년 문화예술 창작활동
발간 지원금 선정으로 출간된 도서입니다.

국어 시간

김명숙 동시집

도서
출판 명성서림

작가의 말

동시로 등단한지 13년 만에 첫 동시집을 세상에 내놓는다. 그동안 발표했거나 미 발표작을 모아 총 76편의 동시를 엮어 내놓는 마음은 기쁘기도 하고 미안하기도, 부끄럽기도 하다.

동시를 통해 어린이들의 마음을 키우는 작가로서 활동할 수 있었던 바탕은 여러 학교에서 오랫동안(18년) 방과 후 강사로 활동한 학교생활 덕분이다.라고 말할 수 있겠다.

동시를 통해 아이들과 함께 더불어 함께하는 삶을 추구하며 서로를 인정해 주고, 위로해 주며, 응원과 칭찬해 주는 동시, 동시를 접함으로 아이들에게 정서순화를 시키고 동시에 대한 관심을 유발하는 계기를 만들어 주고자 〈국어 시간〉 창작 동시집을 출간했다.

작품세계는 자연의 모든 것을 새롭게 보며 창의적인 생각과 참신한 비유로 아동 및 독자에게 깨끗한 동심의 세계로 이끌고자 한다.
작품집 내용으론 봄, 여름, 가을, 겨울, 사 계절로 나눠 실었고, 어린이들의 학교생활, 가정생활, 사회생활 등에서 겪거나 겪을 일들에 대해서 쓰고자 했다.

1부: 봄 15편, 2부: 여름 17편, 3부: 가을 8편, 4부: 겨울 8편을 실었다. 5부: 학교생활 13편, 6부: 가족과 가정생활을 포함해 15편을 실어 총 76편의 동시가 실렸다.

또한 동시집 제목 및 목차 구성에 차별화를 시켜 동시집의 완성도를 높이고자 했으며, 아동 및 독자에게 동시에 대한 관심과 인식이 높아질 것으로 기대, 어린이들의 마음을 키우는데 조금이라도 이 동시집이 도움이 되었으면 한다.

꽃 중의 꽃인 우리 어린이들이 이 동시집을 읽을 때, 정서적으로 공감이 가는 동시, 아이들의 상상력을 키우는 동시, 피식 웃음이 나오는 동시, 마음이 따뜻해져 오는 동시가 되었으면 좋겠다는 생각을 한다. 끝으로 꿈을 가꾸면서 자라나는 우리 어린이들이 마음껏 뛰어놀고 자랄 수 있는 학교와 건강한 사회가 되면 좋겠다.

2024년의 끝자락 부천 고강동에서
저자 김명숙 씀

차례

제1부 **봄** 편 – 목련

제2부 **여름** 편 – 수박

제3부 가을 편 - 가을

제4부 겨울 편 – 얼음 연못

제5부 **학교생활** 편 – 국어시간

제6부 가족 편 - 낮잠

제1부_봄 편

목련

봄비에
목련꽃 눈 떴다.

땅거미 내리는 골목에
하얗게 하얗게
목련꽃등 달았다.

우산도 없이
회사에 간 아빠

돌아오실 골목 어귀에
우산 들고 기다리는 나처럼
꽃등 환히 밝히고 서서
아빠를 기다리고 있다.

새싹

담 밑에서 겨울을 이겨낸 씨앗
봄 햇살에 살며시 눈을 떴어요.
무슨 색깔 꽃일까
예쁜 꽃일까
쏘옥쏘옥 얼굴 내민
어여쁜 새싹

담 밑에서 추위를 이겨낸 씨앗
봄바람에 살며시 눈을 떴어요.
무슨 꽃을 피울까
열매 맺을까
쏘옥쏘옥 쬐끄만
귀여운 새싹

* 초등학교 5학년 교과서 수록곡(천재교육) (김명숙 작사/김종명 작곡)

봄1

봄바람이 간질간질,
울타리 개나리들
웃음보 터졌다.

깔
  깔
    깔
      깔

마당가 가득한
노오란 웃음

지천으로 널려서
봄을 즐긴다.

봄2

서둘러
개나리 깨워
노오란 봄옷 갈아 입혔다

시샘이 난 다른 꽃들이
바람을 통해
회의를 열자고 청해왔다

진달래
벚꽃
목련도 모이고
강남에서 제비도 달려왔다

행동이 굼뜬 새싹은
좀 늦겠다고 소식을 알려왔다

서로 먼저 봄을 알리겠다고
의견이 분분했다

골똘히 생각에 잠겼던 바람이
비로써 하는 말

"그럼, 일제히 피워 내."

봄은 오케스트라 지휘자

봄은
오케스트라 지휘자

햇살에겐 꽃피우게 하고
바람에겐 향기 날리게 하고
새와 물에겐 소리 내게 하고

지휘봉 따라
팡팡 펑펑
짹짹 졸졸졸

사방에서
봄의 교향악 울려 퍼진다.

소나기

후두둑 후둑 후두둑 후둑
급하게 달려와
우리 집 대문을 두드린다.

하늘 아기
오늘은 또
무슨 잘못을 했나?

화가 난 하늘 엄마
벼락 치는 호통 소리
꽁지 빠지게 도망쳐 달려오는
대문 앞 숨찬 소리

가끔
엄마한테 꾸중 듣고
혼쭐나게 달려와 숨 가쁘게 날 붙잡는
내 동생 같구나.

오월

여기저기서 향기가 난다
꽃들의 잔치가 펼쳐진다
훨훨 나는 나비야
향기 찾아서 이 꽃 저 꽃에 앉아라.

여기저기서 푸름이
한 올 한 올 입혀진다
하늘 높이 나는 새야
더 높이 높이 날아올라

꼬리 무는 푸르른 오월을
목청껏 노래하라.

쇠소깍 여행

초록 잎사귀 하나(초록 입셍기 하. 나)
계곡물에 둥둥 떠(내창물에 동동 떤)
신나는 쇠소깍 여행을 떠난다. (지꺼진 쇠소깍 여행을 떠남쩨)

빙그르르 휘돌다가(벵그르르 감장 돌고)
멈춰서서 구경하다(ㄱ.만이성 구경ㅎ.단)
갈 길 바쁜 아이처럼(ㅊ.ㅁㅈ.르진 아이추룩)
빠르게 곧장 질러간다.(ㅃ.르게 구짝 ㅎ.ㄴ저감쩨)

계곡물에 배 되어(내 창물에 배 뒈연)
둥실둥실 두둥실(등실등실 두등실)
계곡물 따라 떠난다(내 창물 ㄸ.란 떠남쩨)
쇠소깍 여행을.

* 2019 제주어창작동요창작대회 우수상 수상 (김명숙 작시/김춘남 작곡)

새싹이

쏘옥 쏘옥 새싹이 돋아났어요
꽃꽃꽃 꽃나무 새싹이예요

쏘옥 쏘옥 새싹이 돋아났어요
콩콩콩 콩나무 새싹이예요

우리 동생 앞니처럼 두 개가
조그맣고 예쁘게 돋아났어요.

* 새로 지은 교실노래 – 한국교육음악창작인회 작품집1 (김명숙 작시/백영은 작곡)

솜사탕

달콤한 솜사탕
설탕과자 솜사탕

입안에 넣으면
사알 살 녹아버리는

민들레 홀씨처럼
후후 불면 날아가는

솜털 같은 솜사탕
달콤한 솜사탕

수풀 속에 숨은 것들

우리들은 수풀 속에 숨어 있어요
눈을 크게 뜨고 찾아보세요
숲속엔 많은 곤충이 살고 있어요.

사마귀, 방아깨비, 메뚜기
귀뚜라미, 반딧불이, 무당벌레
수풀 속에 여기 저기 숨어 있어요.

우리들은 수풀 속에 숨어 있어요
눈을 크게 뜨고 찾아보세요
숲속엔 많은 열매가 달려 있어요.

산딸기, 명감열매, 보리수
머루 다래, 으름 개암, 고염 정금
수풀 속에 올망졸망 달려 있어요.

개망초

까르르 까르르
온 들판이 하얀 웃음

따갑게 달구는 팔월 볕에
개망초 무리지어 피었습니다.

보리밭 깜부기 뽑던 할아버지
눈꺼풀이 자꾸 내려앉는데
밭도랑 고단한 할아버지 어깨 위로
각시멧노랑나비도 몰래 내려앉습니다.

할아버지도 나비도 졸고 있는 한낮에
개망초 혼자 깨어 있으면

바람이 심심해지는 개망초꽃을
사알살사알살 흔들다 갑니다.

봄비

어젯밤에 봄비가 내렸어요
보슬보슬 봄비가 다녀간 후로
학교 길에 노랗게 개나리 피어
우릴 보고 생글생글 웃고 있어요.

어젯밤에 봄비가 내렸어요
보슬보슬 봄비가 다녀간 후로
학교 길에 하얗게 목련꽃 피어
우릴 보고 방글방글 웃고 있어요.

* 한국동요음악협회 36집 수록곡 (김명숙 작사/원기수 작곡)

화전놀이

에헤야 동무들아 꽃이 피는 봄이 왔다
화전을 부쳐서 꽃놀이를 나가자
꽃지짐을 지져서 들놀이를 나가자
꽃 싸움에 글쓰기가 기다려지는 오늘밤은
달님도 잠 못 들고 긴긴밤을 지새운다.
에헤야 동무들아
꽃놀이 나가자, 나가자 꽃놀이

에헤야 동무들아 송화 피는 봄이 왔다
화전을 부쳐서 꽃놀이를 나가자
꽃지짐을 지져서 들놀이를 나가자
송이송이 피인 꽃에 쌍쌍이 나는 나비처럼
산과 들 강으로 나가 못 나눈 정 나누자.
에헤야 동무들아
들놀이 나가자, 나가자 들놀이

* 2008년 (국립국악원) 생활음악 공모 당선작 (김명숙 작사/홍동기 작곡)

꽃의 정원

알록달록 우리들은
누구일까요.

빨강 노랑, 분홍 보라 어울려
색색으로 예쁘게 피어있어요

나비, 벌도 때때로 찾아오고요
바람도 때때로 놀러오지요

내 이름을 찾아
불러 주세요.

꽃이라는 이름의 친구랍니다
꽃 정원의 꽃향기 친구랍니다.

제2부_여름 편

수박

내 머리보다 큰
수박을 샀다.

가운데를 쩍 갈랐다
잘 익어 달디 단 수박
나누어 먹으니 더 달다

뱉어낸 씨앗으론 글씨를 썼다
수박 수박 수박……
이라고 쓴 까만 글씨가
박수박수박수…… 로 읽혔다

잘 익은 게
박수 받을 만하다.

봉숭아

뜰에 마실 나온 바람
심심해
봉숭아 슬며시 건드렸다

발끈해진 봉숭아
툭,
세상 박차고 나왔다.

바람 잡으려
통통
이리 뛰고 저리 뛰어보지만

바람은 저만큼
꽁무니 빼며 달아난다.

옷 벗기기

비 오는 날 엄마가
아이 옷을 벗깁니다

공차기하느라 더렵혀진
옷을 벗깁니다.

한 겹
한 겹
벗길 때마다

아이는 뽀얀 속살 드러내며 웃지만
엄마는 양파 벗길 때처럼
눈살을 찌푸립니다.

빗방울

밤부터 샛바람 불더니
아침에 소낙비가 내렸어요.

담장에 핀 장미꽃 송이에
빗방울이 조롱조롱 매달렸어요

햇살에 반짝반짝
빛나는 빗방울

커다란 구슬 되어
풀잎 위로 또르르
미끄럼을 타요.

빗방울 여행

빗방울이 빗물 따라
동당동당 길을 간다

큰 빗방울 뒤에
작은 빗방울
졸랑졸랑 따라 간다.

동그라미
동그라미
그리며 길을 간다

동당동당 발맞춰서
어디로 가는 걸까

작은 시내 큰 시내
계곡 찾아 가는 게지

작은 강 큰 강
바다 찾아
여행 가는 게지.

산새

재잘재잘
산새들 모여서 재잘거린다.

산길 오르는 사람들
산새 소리 듣고서 가파른 길
쉬엄쉬엄 오르내리라고
푸르릉 푸르릉

이가지 저가지 날아다니며
재재잘 재잘 재잘 재재잘
분주히 길을 인도한다.

청개구리

풀숲에 나리꽃이 피었습니다

청개구리가
예쁜 나리꽃을 훔쳐보았습니다
바람에 나리꽃이
청개구리 볼을 때렸습니다

"어맛, 깜짝이야."

화들짝 놀란 청개구리
놀란 가슴 움켜쥐고
폴짝 폴짝
풀숲을 빠져 나갑니다.

연잎에 비 내리면

연잎에 비 내리면
목탁소리 들려요

또로록 똑 또로록 똑
목탁소리 들려요.

어젯밤 동자승이
밤새 가지고 놀다가

깜박 잊고 연잎 위에
놓아두고 갔나 봐.

* 2014 제5회 BBS불교방송 어린이·청소년 창착 찬불동요제 우수상 (김명숙 작사/원기수 작곡)

채송화

공원 모퉁이에
알록달록 색동옷 입은
꼬마들이 떼 지어 논다.

고만고만한 키에
빨강, 노랑, 분홍, 자주 옷을 입고

손에 손 마주 잡고
강강술래 하며 논다

노는 재미에 푹 빠져
해지는 줄도 모른다.

옥수수

옥수수 껍질 안
낱알 반듯하게 줄서기 하고 있다

차렷! 자세로 불려온
저 낱알들
억지로 밀어내도 밀리지 않겠다.

농촌에서 트럭으로 오는 동안
비좁은 틈새에서도
서로 간격 유지한 체
꼿꼿하게 서 왔을 저 오기

한여름 뙤약볕 아래서도 참아냈으니
저 정도 깡은 있어야
알몸 자신 있게 남에게 보여줄 수 있지.

여름나라

여름에는 여름에는 무엇을 할까요
우리 함께 시원한 물놀이 가지요.

여름에는 여름에는 무엇을 먹나요
우리 함께 맛있는 수박을 먹지요.

여름에는 여름에는 무엇이 자랄까
숲속에서 나무와 곤충이 자라요.

* 새로 지은 교실노래 – 한국교육음악창작인회 작품집1 (김명숙 작시/권덕원 작곡)

매미

매앰 맴 매앰매앰
여름이 오면

여기서 저기서, 저기서 여기서
매미가 울어요.

하루 종일 매미들도 숨바꼭질 하는지
술래에게 잡힐까봐 꼭꼭 숨어 있다가

술래에게 잡혔다고 매앰맴 매앰매앰
여기저기서 잡혔다고 맴맴 매앰맴
잡힌 매미 모여서 매앰맴 맴맴

* 2012년 국악관현악과 함께하는 창작국악동요제 참가곡 (김명숙 작사/김성덕 작곡)

여름 날씨

햇볕이 쨍쨍 무더운 여름 날씨
선풍기 틀고 에어컨 틀어도
아휴 더워 해님아! 그만 좀 뽐내고
구름 뒤서 살짝 낮잠 자고 나오렴.

햇볕이 쨍쨍 무더운 여름 날씨
계곡을 찾고 바다를 찾아도
아휴 더워 해님아! 그만 좀 뽐내고
구름 뒤에 살짝 숨어주면 좋겠다.

소나무야

소나무야, 소나무야
너를 닮고 싶어.

여름동안 내린 비에 쑥쑥 잘 자라서
큰 그늘 만들어 사람에게 쉬어가라고
새들에게 둥지 틀라고

넉넉한 품 내주며 사시사철 푸르른 너
큰 그늘 만들어 쉼을 주는 너

소나무, 소나무야
너를 닮고 싶어
너처럼 살아갈래, 너를 닮고 싶어.

* 한국동요음악협회 2013 새동요 제38집 (김명숙 작시/배소자 작곡)

몽돌의 하루

까만 얼굴 동글동글 검은 몽돌은
파도와 노느라고 신이 나지요

파도가 놀러 와서 가위 바위 보
땅따먹기 하루 종일 신이 나지요

한번 지면 한발자국 뒤로 물러서고
한번 이기면 한발자국 앞으로 내딛지요.

까만 얼굴 동글동글 검은 몽돌은
해님과 노느라고 신이 나지요

해님이 놀러 와서 가위바위 보
하루 종일 숨바꼭질 신이 나지요

해님과 같이 놀아 더욱 까매진
반들반들 검은 몽돌 윤이 나지요.

모래성을 쌓노라면

엄마 아빠 손잡고 찾아간 바닷가
밀려오고 쓸려가는 파도소리 들으며
모래성을 쌓노라면 더위도 즐거워요.

아빠하고 함께 지은 우리 집
드디어 생겼어요.

차르르 쏴 차르르 쏴
파도도 신났어요.

네잎 클로버

언덕배기 클로버 네잎 클로버
메마른 땅에서도 행복을 꿈꾼다
올망졸망 푸른 이파리
바람결에 날리며 누군가 찾아줄
손길을 기다린다.

도로위에 클로버 네잎 클로버
먼지 쌓인 땅에서도 푸르게 자란다
지나가는 길손에 채여 멍이 들어도
누군가 알아줄 손길을 기다린다
날 데리고 가세요. 날 데리고 가세요
나는 클로버, 행운의 클로버.

* 2011 한국동요음악협회 어린이를 위한 <새노래 발표회>곡 (김명숙 작사/백순진 작곡)

제3부_가을 편

가을

야! 한 번 덤벼 볼래?
붉게 익은 감을 보며
마당이 깐죽댑니다.

우~쐬!
너, 가만 안둬

머리꼭대기까지 화가 난 감이
주먹을 불끈 쥐고 뛰어내립니다

철퍼덕!
감의 완패입니다.

감과 까치

앞마당 감나무의
홍시 두 개
눈에 들어 왔다.

손 뻗치면 닿을 수 있는 거리
딸까 말까?

손을 뻗는데
어디서 날아 왔는지
까치 한 마리 꼬리를 까닥까닥
친구들을 부른다

따 먹으면 꿀맛일 텐데
까치가 걸려
손을 거둬들였다.

고구마

고구마 밭에서 고구마를 캤다.

줄넘기처럼 가는 줄기에
아기 주먹만 한 것
내 주먹만 한 것
아빠 주먹만 한 것이 줄줄이 딸려 나왔다

울퉁불퉁 못생긴 것
둥글둥글 잘생긴 고구마들이
하나 같이 차렷 자세로
줄기에 줄지어 서 있다

고구마들도 오늘
견학 하러
세상 구경 나왔나 보다.

단풍잎

곱게 물든 단풍잎이 바람에 실려
데굴데굴 굴러가다 발길 멈추고
풀잎에 맺혀있는 맑은 이슬에
얼굴을 요리저리 비쳐봅니다.

길을 가던 단풍잎이 발길 멈추고
산새들이 조잘대는 얘기소리에
산마루 걸린 해는 넘어가는데
가던 길 잊고서 귀 기울입니다.

콩이 콩콩 튀어서

콩이 콩콩 튀어서
대문 밖으로 굴러가요.

쌩쌩 달리는 자동차가
보고 싶었나 봐요

콩은 세상 밖이 궁금했나 봐요
콩콩 튀어서 대문 밖에 나간 콩이
넋을 잃고 세상 구경하고 있어요.

가을 산

멈칫거리던 그가 옷을 갈아입는다.

화려한 무늬의 옷을 입은 그가
옹달샘에 옷매무새를 비춰본다.

그가 춤을 추기 시작하사
온 산이 왁자지껄

너도 나도 춤 구경에
발그레 해진 가을 산

가을은 무도회 기간이다.

구름

누가 튀겨 놓았을까
하늘 가득
톡톡 튀어 오른
하얀 팝콘

봉지 봉지마다
한 가득
뭉실뭉실 담겨 있네.

누가 튀겨 놓았을까
저리도 많은
하얀 팝콘

누구에게 줄까
봉지 봉지마다
그득 그득 담겨 있네.

허수아비와 고추잠자리

논 가운데 서있는 허수아비에게
고추잠자리 한 마리 놀러왔어요.

나하고 놀래 안 놀래
나하고 놀래 안 놀래

코끝 간지럼 피는 고추잠자리
손등 간지럼 피는 고추잠자리

나하고 놀래 안 놀래
나하고 놀래 안 놀래
발등 간지럼 피는 고추잠자리

큭 크윽 큭 큭큭
웃음보 터져 나온 허수아비

깜짝 놀라 도망가는
참새 떼.

제4부_겨울 편

얼음 연못

영하 10도
연못이 몸을 바꿨다.

연못 안에 있는
붕어, 메기, 피라미, 잉어 등

함께 살아가는
연못 식구들을 위해
스스로 몸을 바꿨다.

마중

용산 전쟁기념관
빈센트 고흐의 10년간의 기록 전을
가족들과 보러 간 날

입구 문을 열자
훅! 하고
마중 나온 더운 바람

추운데 먼 길 찾아왔다고
반갑게 달려 나와 맞아 주었다.

눈

밤새 하늘에서
하얀 쌀가루가 내리더니

어머나,
누가 이리
포슬포슬 흰 밥을 지어 놓았나

집집마다
고봉으로 쌀밥을 지어 놓았네.

어디, 크게
한 술 떠 맛을 볼까나

사각사각 입안에서
씹히는 소리

슬슬 살살 입안에서
밥알 녹는 소리.

복수초

영차!

서릿발을 뚫고 올라온
노란 복수초가
기지개를 켭니다

눈 옆에 있으니 꽃잎이
더욱 노랗습니다

찬바람 속에서도
꽃을 피우느라
하고 싶은 말은 모두
꽃술에 모아두었습니다

한참 동안
시끄러울 것 같습니다.

없어졌다

출산율이 떨어지자
동네에 아기 울음소리 사라졌다.

동네에 많던
아이들 옷가게가 없어졌다.

알록달록 귀엽고 앙증맞던
아기 신발가게가 없어졌다.

초등학교 앞
즐비하던 문방구가 없어졌다.

하교 길
겨울 간식거리였던
붕어빵 가게가 없어졌다.

힘내!

작년에 졌던 꽃들이
올해 다시 피었어.

꽃이 아름다운 건
겨울을 이겨낸 나무가

봄에 다시
꽃을 피우기 때문이야.

경칩

눈비 오는 날 많고
바람 매섭게 불어대자
겨울의 퀭한 눈

하느님이 눈비, 바람을 불러
극진히 대접했다.

눈부신 햇덩이 떠오르자
드디어 개구리
긴 겨울잠에서 깨어났다.

된장찌개

된장, 호박, 양파, 버섯, 두부
냄비 속에 모여서

자글자글
보글보글
고향이야기 나눈다.

이야기 잦아질 때쯤
된장찌개는 익어가고

하루 일을 끝낸
가족들 식탁에 모여 앉아
맛있게 저녁을 먹는다.

제5부_학교생활 편

국어시간

받아쓰기 시험을 봤다
연습할 땐 분명히 기억했는데

잡채의 채가
ㅓ의 ㅣ인지
ㅏ의 ㅣ인지
생각이 잘 나지 않았다.

엄마가 해준 잡채를 먹을 땐
맛있게 먹었는데
받아쓰기엔 잡체라고 써서 틀렸다

엄마에게 미안하지만
괜찮다
다시는 잡채를 틀리지 않을 테니까.

운동화

왼 발, 오른 발
오른 발, 왼 발
우린 언제나 함께 걷지.

왼 쪽인 네가 있어야
오른 쪽인 나도 필요해

우리 둘은 함께 있어야
비로소 하나가 돼.

통일

생각만 해도, 듣기만 해도
가슴이 뛰는 말이 있다.

자다가도 벌떡, 졸다가도 벌떡,
일어나 웃고 싶은 말이 있다.

가슴을 덥혀 오는 따스한 그 말
아침 햇살처럼 퍼져 나가는 환한 그 말

이 세상 어떤 말보다도 더
가슴 뛰고 설레는
통일이란 그 말

통일, 통일, 통일이란 말

끝말잇기

끝말잇기 타고 떠나는 여행
재밌고 즐겁고 신바람 나요.

소나무 무지개 개울가 가을비
한없이 이어지는 말놀이의 세계

비행기 기찻길 길잡이 이야기
한없이 펼쳐지는 말놀이의 세계

친구들과 둘러앉아 끝말잇기 해보면
게임에 이기고 져도 재미있어요.

친구야 미안해

친구에게 미안하다 하고 싶은데
어떻게 말을 할까 두 눈만 멀-뚱

친구에게 미안하다 하고 싶지만
어떻게 말을 하지, 입만 달-싹.

친구에게 잘못했다 하고 싶은데
어떻게 말을 할까, 두 발만 동-동

친구에게 잘못했다 하고 싶지만
어떻게 말을 하지, 눈치만 살-살.

* 신귀복 동요 작곡집에 수록 – 마음이 예뻐지는 우리 동요 (김명숙 작시/신귀복 작곡)

소곤소곤 속닥속닥

친구에게 하고 싶은 말 있을 때는
소곤소곤 귓속 얘기 한번 해보세요.

귓속 얘기 할 때마다
친구가 더 가깝게 느껴지고
소리죽여 얘기 할 때마다
우정은 강처럼 깊어져요.

친구에게 비밀얘기 하고 싶을 때는
속닥속닥 귓속 얘기 한번 해보세요.

비밀 얘기 할 때마다
친구가 더 가깝게 느껴지고
소리죽여 얘기 할 때마다
우정은 눈처럼 쌓여 가요.

가위 바위 보

친구들 하고
가위 바위 보 놀이로
과자 따먹기를 했다

무엇을 낼까?
순간, 스치는 생각
가위를 내자 "내가 이겼다."

다시 또 이어지는
가위 바위 보
"이번엔 보, 내가 이겼다."

이길 때 마다
쌓여져 가는 내 과자 동산

시무룩해지는 친구들
"이번엔 졌다."
실은 "보"를 내고 싶었지만
친구들을 위해 "바위"를 냈다.

이 뽑기

"선생님!
이가 흔들려요."

"얼마나?"

"많이 흔들려요.
며칠째 흔들려요."

"선생님! 화장실 다녀올게요."

화장실 다녀온 명재
눈가 젖어 있고

손 안엔
이 하나 꼬옥 쥐고 있다.

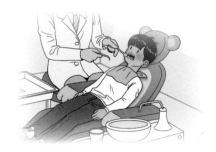

두 마리 아기토끼

두 마리의 아기토끼
사이좋은 친구로 잘 지냈어요.

어느 날 장난치다 말다툼으로
사이가 멀어졌어요.

둘 다 이제
이야기 할 친구도
함께 놀 친구도 마땅히 없었어요
그간 너무 다정했기에
그 빈자리는 더욱 컸어요.

아기토끼 한 마리
너무 심심해
함께 놀았던 그곳에 가보았어요.

그런데 이게 왠일?
아기토끼 친구가 벌써 와 있었어요.

아기토끼 한 마리가 먼저
"미안해" 하고 손을 내밀었어요
그러자 친구 아기토끼도
"나도, 미안해." 하며 내민 손을 잡았어요.

키 재기 소나무

어릴 적 키 재기 하던
뒷동산 소나무

올해는 이만큼
내년에는 이만큼 더

빗금을 쳐 놓고 보면
생각이 먼저 자랐던 나무

어,
언제 자랐나

작은 소나무 한 그루
나대신 키를 재고 있다.

그림 책 속에서

그림책을 펼치면 나는 탐험가죠
새로운 이야기 찾아가는 꼬마 탐험가

정글을 찾아가듯
한 장 한 장 책 넘기면
그림 속 세상이 눈앞에 펼쳐져요.

과거를 여행하듯
한 장 한 장 책 넘기면
얘기 속 세상이 눈앞에 펼쳐져요.

구석구석 알아가는 재미,
모르는 것 알아가는 재미가
참 재밌어요, 참 신기해요.

우리 동네

– 고강동

고강초등학교 수업시간
비행기가 학교 위로 지나간다

선생님이 숙제를 낸다
"여러분! 내일 숙제는 위인전 이순신을 읽고……

다음날 수업시간,
화가 난 선생님은 매를 든다

손을 내민 아이들 중
한 아이가 억울하다는 듯
"선생님! 비행기 소리 땜에 못 들었어요……

그때 비행기 소리가 들렸다
매를 들려던 선생님
아차!

똥 침

친구가
내 똥꼬에
똥침을 놨다.

두 눈에서 눈물이 왈칵,
똥꼬에선 불이 났다.

반딧불이는
똥구멍에서 빛이 나던데

반딧불이도 나처럼
친구에게
똥침을 맞았을까

* 똥꼬 : [명사] '항문1(肛門)'을 귀엽게 이르는 말 – 고려대 한국어대사전

제6부_가족 편

꼬꼬 가족

햇살 좋은 아침에 마실 나온 꼬꼬 가족
어미닭이 앞서가면 뒤따라 쪼르르르

이리가도 졸레졸레 저리가도 졸레졸레
마을에 없었던 노란길이 생겼어요.

바람 없는 아침에 마실 나온 꼬꼬 가족
어미닭이 앞서가면 꼬꼬댁 꼬고꼬댁

병아리도 뒤질세라 따라가며 삐약삐약
마을에 없었던 합창단이 생겼어요.

나비 잠

어여쁜 우리아가 부드러운 너의 숨결
미풍보다 부드럽다. 자장자장 우리아가

나비잠 자고 나면 엄마하고 부를까
나비잠 자고 나면 쑥쑥 잘도 크겠네.

어여쁜 우리아가 보드라운 너의 살결
솜털보다 부드럽다. 자장자장 우리아가

나비잠 자고 나면 아빠하고 부를까
나비잠 자고 나면 한 뼘 쑤욱 크겠네.

낮잠

우리 아가 잠 잘 때
강아지도 쌔근쌔근
다독이던 엄마도
잠깐사이 조울조울.

우리 아가 잠깰라
빗소리도 보슬보슬
쌩쌩 불던 바람도
숨죽이며 사알사알.

* 새로 지은 교실노래 – 한국교육음악창작인회 작품집1 (김명숙 작사/이동훈 작곡)

휘파람

숙제를 안했다고
엄마에게 꾸중 든 날

속상해서 꼼짝 않고
내방에 앉았는데
어디선가 들려오는 휘파람소리

입을 작게 오므리고
함께 따라 불러보니
속상한 맘이 어느새 사라졌어요.

화난엄마 얼굴 대신
빙그레 웃는 엄마 얼굴 떠올라
쪼르르 달려가 엄마 품에
꼭 안기었어요.

엄마와 나

함께 있을 땐 시큰둥해지고
안보이면 찾아야 안심이 되는

꾸중을 듣거나
잔소리 할 때는 싫다가도

아프거나, 속상해 하실 땐
힘이 빠지고
신나게 놀던 것도
하나도 즐겁지 않는

엄마와 나는
알쏭달쏭 함수관계.

용돈

심부름 잘하면
올라가고

성적 떨어지고
동생과 놀아주지 않으면
내려가고

올라갔다 내려갔다
나의 행동에 따라
반비례해 달라지는 내 용돈.

시인 할머니

우리 할머니는
시인이시다.

할머니가 가장 듣고 싶은 말은
'시를 참 잘 쓰네요.' 라는 말

할머니가 또 듣고 싶은 말은
'시가 참 좋네요.' 라는 말

그런 말 들을 때
할머니 얼굴엔 웃음꽃이 활짝
입 모양은 삼각형이 된다.

전기면도기

아빠가 면도할 때 입가에
매미가 몇 마리 붙어 있다.

윙 윙 윙
위앙 위앙 위앙
수염을 먹느라
오르락내리락 가쁜 소리

날지도 못하고
짝 짓기도 못하는
입가의 매미

수염 먹는 게 좋아
신나게 윙 윙 윙

아침이 열린다
전기면도기.

우리 엄만 행복 요리사

뚝딱뚝딱 맛있어져라 이얍!
보글보글 끓이는
김치찌개, 된장찌개

다듬어 볶고 삶는 나물반찬
튀기고 굽고 졸이는 생선반찬
앞치마를 두르고 콧노래 하는 우리엄마

맛을 지휘하는 우리엄만 행복 요리사
우리엄마 음식솜씨 최고 최고야.

생일날

오늘은 생일날
내가 제일 좋아하는 날
엄마 아빠 사랑받아 태어난 날

무얼 먹을까
정성가득 차려진 음식 앞에
자꾸만 손이 가네, 입이 즐겁네.

무얼 사달랄까
이것저것 갖고픈 것 많은데
자꾸만 눈이 가네, 장난감 가게.

엄마랑 시장가면

엄마랑 시장가면 재미있어요.

먹고 싶은 것, 갖고 싶은 것
사고 싶은 것, 보고 싶은 것
모두 한 자리 모여 있고

꿀이 톡 터지는 꿀떡
알알이 잘 익은 포도
머리 쏙 내미는 자라
보글보글 물 풍선 잘 부는 꽃게

달콤한 사과요, 새콤달콤한 귤이요.
싱싱한 조개요. 물 좋은 생선이요.

서로서로 사가라고 시장 안이 들썩들썩
활기 넘치는 시장구경 언제나 재미있어요.

집

TV에 나온 산골 아저씨의 집은
지은 지 200년
우리 마을 아파트는 지은 지 30년

산골 아저씨 집은
튼튼한 골재를 쓴 것도 아닌
스레트 지붕으로 지은 집

우리 마을 아파트는
신공법과 최고의 재료로 지어
가장 좋은 아파트라고
신문에 광고 냈던 집
지은 지 30년 만에 헐고
그 자리에 새 아파트 들어섰다.

아저씨의 집은 바람이 들고 나도
알뜰살뜰 손보아 가며
해가 갈수록 한 해, 한 해
아저씨와 한 몸처럼 되어가는 집

수십억짜리 집은 아니어도
언제나 아저씨가 편안히 쉴 수 있는

이 세상 단 하나
지은 지 200년 된
산골마을 아저씨의 집.

파도

잔잔하게 밀려오는 파도는
어머니의 자장가
머리맡에 앉아서 가만가만 들려주시는

잔잔하게 밀려오는 파도는
어머니의 손
아플 때, 등 다독여 잠재워 주시는

잔잔하게 밀려오는 파도는
어머니의 마음

알면서도 모르는 척
슬몃,
눈 감아 주시는.

아기똥

아기가 똥을 쌌다.

나는
냄새 난다고
코를 막고

할머니와 엄마는
"참 예쁘게도 싸지." 하며
웃으시고.

시간

나는
6학년이
빨리 되었으면 하고

할머니는
시간이
천천히 갔으면 하고.